D0676327

Daniel Pennac

Monsieur Malaussène au théâtre

Gallimard

À Jean Guerrin,

pour

Monique Chevrier,
Isabelle Bidaut
et Aldo Gilbert.

Si les enfants
naissaient adultes,
il y en aurait
vraisemblablement
un peu moins.

Christian Mounier

Trois fois rien : un banc, un livre, deux tabourets, un disque blanc dans le ciel et Maulaussène en dessous.

Il sera lui-même et tous les autres personnages.

1

Annonciation

il est assis sur le banc
il lit
...
rumeur de la ville
...
ça y est
il nous a vus

Eh !
Vous !
Si vous repérez trois enfants maigres –
dont un à lunettes roses – qui se traînent
boulevard de Belleville,
le dos cambré,
les mains sur les reins et les pieds en
canard,
en cette attitude douloureusement
repue de la femme qui porte,
n'allez pas imaginer que Belleville en-
grosse sa jeunesse !

Non…
Regardez plutôt sur le trottoir d'en face.
C'est moi qu'ils imitent, ces petits cons.
C'est de moi qu'ils se moquent.
Si je les chope…

il ferme le livre
il raconte
il est ce qu'il a lu

C'est un fait, dès les premières semaines de la grossesse de Julie, Benjamin Malaussène,
moi,
le bouc émissaire au crâne de fer,
avait été jeté hors de lui.
Il déambulait, loin de sa première personne, le ventre en avant et les pieds circonflexes.
Leila, Nourdine, le Petit, et tous les mômes de Belleville l'imitaient.
Julius le Chien semblait ne plus le comprendre.
Julie riait :
– Une crise d'empathie, Benjamin ?

Enceint !
Enceint, Malaussène.

le petit locataire de Julie apparaît dans le ciel
un apprenti embryon
très approximatif

Eh ! Oh ! tu m'écoutes, oui ?

Concentre-toi un peu, bon Dieu !

Arrête de ronronner dans le ventre de ta mère.

C'est ta tribu d'accueil que je te présente, après tout !

Que tu saches à qui tu auras affaire, le jour de ton avènement.

Que tu n'ailles pas me reprocher de ne pas t'avoir averti.

Suffit de la petite Verdun qui fait la gueule du matin au soir comme si on l'avait trompée sur notre marchandise.

Il reste à peine huit mois pour te les décrire tous…

Si tu t'imagines que trente-deux semaines suffisent à cerner des personnalités aussi « contrastées » (comme on dit en patois de conférence), tu te goures ! J'ai quelques décennies d'avance sur toi et je ne suis pas sûr d'avoir fait le tour d'un seul d'entre eux.

Jérémy, par exemple…

Prends ton oncle Jérémy,

ou le Petit, avec ses lunettes roses…
Ou les deux ensemble…

Jérémy et le Petit

L'autre soir avant le dîner, ton oncle Jérémy se pointe dans notre chambre.

Il frappe, ce qui n'est pas dans ses habitudes.

Il attend qu'on l'invite à entrer, ce qui lui ressemble encore moins.

Il entre et se tait, ce qui est une franche innovation.

Alors, je dis :

– Oui, Jérémy ?

– J'ai une question à te poser.

– C'est que tu me supposes la réponse.

– Ben, dis-moi comment on fait.

– Comment on fait quoi ?

– Fais pas chier, tu sais très bien ce que je veux dire.

– …

– Les enfants, Ben… Dis-moi comment on fait les enfants.

– …

– …

– D'accord, Jérémy. Assieds-toi.

Il s'assied.

16

Je me lève.

– Jérémy...

Ici, le plus sournois de tous les silences : l'embarras pédagogique.

J'y suis allé prudemment. J'ai commencé par le commencement : je lui ai parlé gamètes mâles et gamètes femelles, cellules haploïdes et diploïdes, ADN et Léon Blum (« qui fut le premier, Jérémy, à nous autoriser la procréation comme acte réfléchi et volontaire »), ovulation, flaccidité, corps caverneux, vestibule, trompe de Fallope et cône d'attraction...

Je commençais à m'admirer sincèrement quand Jérémy s'est levé d'un bond :

– Tu te fous de moi ?

Des larmes de rage au bord de ses yeux :

– Je ne te demande pas de me faire un cours d'éducation sexuelle, putain de merde, je te demande de me dire comment on fait les gosses !

La porte s'est ouverte et le Petit a fait son apparition :

– Les gosses ? Mais je sais, moi ! C'est très facile, les gosses !

Il a saisi une feuille, le stylo de Julie, et a tendu le résultat à Jérémy :

– Tiens, c'est comme ça qu'on fait !

Deux secondes plus tard, ils dévalaient tous les deux les escaliers en ricanant comme un coin de récré.

Le croquis bâclé par le Petit ne laissait aucun doute : c'était bien comme ça.

En tout cas, c'est comme ça qu'on a fait, ta mère et moi.

Quoique...

ta mère

Quoique ça ne se soit pas passé exactement tout seul, avec ta mère...

C'est une bombe, figure-toi, qui nous a jetés dans les bras l'un de l'autre.

Une bombe ! Une vraie !

Comme nous nous en sommes sortis vivants, elle s'est mise à parler à toute allure.

Elle parlait ! Elle parlait...

Elle venait de s'offrir un tour du monde de l'amour, figure-toi.

Pour la bonne cause, hein ! Pour une enquête, dans un journal...

Selon elle, il n'y avait que les révolution-
naires à l'aube de leur révolution pour baiser correctement, et les grands primitifs :
les Moïs,
les Maoris,
les Satarés…
« Les uns et les autres ont l'éternité dans
la tête, Benjamin, ils baisent au présent de
l'indicatif, comme si ça devait durer toujours. Ils ont les muscles longs, nets, bien
dessinés. Leurs épaules et leurs hanches
ne fondent pas dans tes doigts. Leur queue
a une douceur satinée que je n'ai trouvée
nulle part ailleurs, et, quand ils t'enfour-
chent, ils s'éclairent de l'intérieur, comme
des Gallé 1900, superbement cuivrés. »

C'est la bombe qui l'a mise dans un état
pareil ?

Nous avons grimpé mes cinq étages
comme si nous étions poursuivis,
nous nous sommes jetés sur mon plumard comme dans un oued,
nous nous sommes arraché nos vête-
ments comme s'ils étaient en flammes,

ses deux seins m'ont explosé au visage,
sa bouche s'est refermée sur moi,
la mienne a trouvé le baiser palpitant de
son désir maori,
nos mains ont galopé dans tous les sens,
elles ont caressé,
pétri,
étreint,
pénétré,
nos jambes se sont enroulées,
nos cuisses ont emprisonné nos joues,
nos ventres et nos biceps se sont
durcis,
les ressorts du plumard ont répondu,
les échos de ma chambre aussi,
et puis,
tout à coup,
la superbe tête léonine de ta mère a
surgi au-dessus de la mêlée, auréolée de
son incroyable crinière,
et sa voix,
maintenant rocailleuse,
a demandé :
– Qu'est-ce que tu as ?
J'ai répondu :
– Rien.
Je n'avais rien.
Absolument rien.

Rien qu'un misérable mollusque lové entre ses deux coquilles.

Qui ne voulait pas sortir la tête.

Par peur des bombes, j'imagine.

…

Mais je sais que je me mens à moi-même.

…

En fait, ma chambre était pleine de monde…

Bourrée à craquer…

Tout autour de mon plumard se dressaient des spectateurs au garde-à-vous…

Et pas n'importe quels spectateurs !

Toute une couronne de Sandinistes,

de Cubains,

de Moïs,

de Maoris,

de Satarés,

à poil ou en uniformes, ceints d'arbalètes ou de kalachnikovs, cuivrés comme des statues, auréolés de poussière glorieuse.

Ils bandaient…

Eux !

Et les mains sur les hanches, ils nous faisaient une haie d'honneur

dense,

tendue,
arquée,
qui me la
coupait.

– Rien, j'ai répété, j'ai rien. Excuse-moi.

il trouve ça drôle

– Parce que tu trouves ça drôle ?
On peut rigoler justement parce qu'on ne trouve pas ça drôle.
Je le lui explique.
C'est à ce moment-là que ta mère a dit :
– Ce qui tue l'amour, Benjamin, c'est la culture amoureuse. Tout homme banderait, s'il ne savait pas que les autres hommes bandent !
Et elle a ajouté :
– En amour, la seule recette c'est de s'occuper de soi. Je veux dire s'occuper de soi, de l'un et de l'autre, dans l'instant, là, de toi et de moi.

Total, nous nous sommes si bien occupés de nous, qu'aujourd'hui, il faut nous occuper de toi.

2

Présentation

*méditation
les yeux levés
vers le petit locataire
qui a pris forme*

Alors comme ça, Julie est habitée ?

Il y a un petit quelqu'un chez Julie ?

Encore un fruit de la passion ?

Ça va naître ?

Ça va plonger ?

Ça descendra un jour dans la rue ?

Ça passera devant les kiosques à journaux ?

Ça va se farcir le quadrichromique opéra de la vie ?

L'optimisme amoureux a une fois de plus plaisanté avec le néant ?

Coups et blessures sans intention de donner la vie ?

Ça va tomber du rien dans le pire ?

Un fruit tout nu précipité dans les mâchoires du monde…

Au nom de l'amour, la belle Amour !

Et le reste du temps ça va chercher à comprendre…

Ça va se construire : une charpente d'illusions sur les fondations du doute, les murs vaporeux de la métaphysique, le mobilier périssable des convictions, le tapis volant des sentiments…

Ça va s'enraciner dans son île déserte en envoyant des signaux pathétiques aux bateaux qui passent.

Oui… et ça va passer soi-même au large des autres îles.

Ça va dériver…

Ça va manger, ça va boire, ça va fumer, ça va aimer, ça va penser…

Et puis ça va décider de manger mieux, de boire moins, de ne plus fumer, d'éviter les idées, de reléguer les sentiments…

Ça va devenir *réaliste.*

Ça va conseiller ses propres enfants. Ça va tout de même y croire un peu pour eux.

Et puis ça n'y croira plus.

Ça ne va plus écouter que ses propres

tuyauteries, surveiller ses boulons, multi-
plier les vidanges,

dans le seul espoir de durer encore un
peu…

Durer…

jusqu'à la fin des fins, ça va s'espérer
une suite…

…

Comme les enfants…

– La suite !
– La suite !

bougonnons

La suite, la suite…

Le tragique avec les mômes c'est qu'ils
s'imaginent que tout a toujours une suite.

Ma suite à moi c'est l'autre petit moi-
même qui prépare ma relève dans le giron
de Julie.

Comme une femme est belle en ces premiers mois où elle vous fait l'honneur
d'être deux !

Mais, bon sang, Julie, crois-tu que ce soit

raisonnable ? Julie, le crois-tu ? Franchement… hein ? Et toi, petit con, penses-tu
vraiment que ce soit

le monde,

la famille,

l'époque où te poser ?

Pas encore là et déjà de mauvaises fréquentations ! Aucune jugeote alors, comme
ta mère, la « journaliste du réel »…

le cercle de famille
en faire le tour

Mais n'assombrissons pas, n'assombrissons pas. L'heure est à la rigolade. Et,
comme toujours dans ces moments-là, la
suite, c'est l'évocation du commencement :

Et mon commencement à moi, ce fut
maman.

« Ma »

maman.

Celle-là aussi, il faut que je te la présente.

Elle a le cœur immédiat et l'entraille
généreuse, ta future grand-mère.

Benjamin moi-même, Louna, Thérèse,
Clara, Jérémy, le Petit, Verdun, nous autres
de la tribu Malaussène sommes tous les
fruits de ses entrailles.

Même Julius le Chien a pour elle des regards de puîné.

Qu'est-ce que tu dis de ça, toi qui es le produit d'une longue interrogation procréatoire :

«Faut-il faire des enfants dans le monde où nous sommes ?

Le Divin Parano mérite-t-il qu'on ajoute à son œuvre ?

Ai-je le droit d'enclencher un destin ?

Ne sais-je point que mettre une vie en marche c'est lancer la mort à ses trousses ?

Que vaux-je comme père, et que vaujera Julie comme maman ?

Pouvons-nous courir le risque de nous ressembler ?... »

Tu crois qu'elle s'est posé ce genre de question, ta grand-mère ?

Rien du tout !

Un enfant par coup de cœur, telle est sa loi.

L'essai chaque fois transformé et le souvenir du papa aussitôt évacué.

D'aucuns te diront que ta grand-mère est une pute.

Laisse dire, c'est leur noirceur qui parle.

Ta grand-mère est une vierge perpétuelle, c'est très différent. Une éternité en chacune de ses amours, voilà tout.

Et nous sommes la somme de ces instants éternels.

Dont elle émerge vierge comme devant.

au fait
qu'est-ce qu'ils comprennent, à cet âge ?

Mais tu ne peux pas juger, toi, dans ton petit habitacle opalin…

Il paraît que vous ne voyez pas plus loin que le bout de votre nez, là-dedans,

et que tout y baigne dans une lueur bleutée…

Veinard, va…

La seule chose que je t'envierai jamais :

un bail de neuf mois dans le ventre de Julie.

changement de cap

Je pourrais te mentir, évidemment,

te vanter comme d'aucuns le cercle de famille…

Inutile de te bourrer le mou, mon enfant, ta famille a partie liée avec le tragique, voilà la vérité.

En fait, ce qui t'attend, c'est moins une famille qu'une hécatombe.

Ta future .grand-mère s'est offert une passion avec le flic Pastor, un tueur de charme qui en a refroidi plus d'un...

Ta tante Clara s'est retrouvée veuve avant son mariage et C'Est Un Ange orphelin avant sa naissance.

La petite Verdun est née d'une agonie.

Verdun est née à la seconde où la tristesse emportait son grand-père, l'autre Verdun.

L'oncle Stojil s'est fait embastiller pour avoir voulu défendre Belleville contre les méchants trafiquants et les honnêtes promoteurs,

et Stojil est mort

dans sa prison.

Julie, ta propre mère, a failli y passer dans cette histoire ! On a essayé de la noyer, on lui a brûlé la peau avec des cigarettes !

On t'a fabriqué une mère léopard !

Au volume suivant on me collait une balle dans la tête.

Oui, mon enfant, ton père sonne creux :
une fontanelle d'acier
et le doute par en dessous.

Alors,

fils imprudent du bouc et de la léo-
parde,

si l'envie te prenait de décrocher avant
l'atterrissage…

je ne pourrais vraiment pas t'en vouloir.

Pour ce qui est de Julie, elle s'en conso-
lera à grands coups de réel.

C'est son truc, le réel, à Julie.

Beaucoup de réel avec un zeste de moi.

Elle a toujours un bout de réel sur le
feu, ta mère.

pas encore là
et ça pose déjà
des questions

– Mais,
me diras-tu :

« Père, puisque vous semblez d'une com-
plexion à ce point pessimiste, puisque vous
êtes vous-même le rescapé, sans doute pro-
visoire, d'une série tragique, pourquoi,
pourquoi donnâtes-vous le feu vert au petit
spermato et à son balluchon génétique ? »

Comment veux-tu que je te réponde ?

Le monde entier gît dans cette question !
Et puis...

Et puis nous ne sommes jamais seuls à décider.

Tu n'imagines pas le nombre d'intervenants au grand colloque de la vie !

Il y a eu Julie ta mère, bien sûr, l'œil de ta mère, l'appétit dans l'œil de ta mère...

Il y a eu le plébiscite familial, orchestré par Jérémy et le Petit :

« Un p'tit frère ! un p'tit frère ! Une p'tite sœur ! une p'tite sœur ! Un bébé ! un bébé ! »

Et les encouragements des amis : Amar, Yasmina, Loussa, Théo, Marty, Cissou...

En français, en chinois, en arabe, s'il te plaît...

Tu es le produit d'un conseil d'administration planétaire !

Tous les sexes et toutes les tendances y ont fait « entendre leur différence », comme on dit aujourd'hui.

La reine Zabo elle-même, ma patronne aux Éditions du Talion, ce fruit sec, y est allée de sa petite suggestion : « Êtes-vous capable d'écrire, Malaussène ? Non, hein ? Évidemment non... alors faites donc dans le potelé, un bébé, par exemple, ce serait joli, un beau bébé ! »

Et Théo, l'ami Théo, qui n'a jamais aimé que les blonds : « Tu devrais savoir, Benjamin, que le drame d'une tante c'est de ne jamais se réveiller mère. Sois un frère, fais-moi un petit neveu. »

Et Berthold, le chirurgien Berthold à qui je dois ma seconde vie : « Je vous ai ressuscité, Malaussène, vous me devez bien un petit coup procréatif, merde ! Allez, au boulot ! Arrêtez de tirer à blanc ! Engagez une balle dans le canon ! »

Mais celui qui a emporté le morceau, ce fut Stojil,

ton oncle Stojilkovic

que tu ne connaîtras pas...

Et c'est le premier malheur de ton existence à venir.

...

Je suis allé jouer aux échecs avec lui, dans sa cellule, deux jours avant sa mort.

Je te reproduis notre conversation.

34

e2 e4

e7 e5

MOI, *jouant* :

Julie veut un enfant.

LUI, *jouant* :

Tu aimes l'Australie ?

MOI, *jouant* :

L'Australie ?

LUI, *jouant* :

Le bush, le désert australien, tu aimes ?

MOI :

Connais pas.

LUI :

Alors, documente-toi très vite. Seul le bush australien est assez profond pour fuir une femme qui veut un enfant de toi. Et encore…

…

LUI, *jouant* :

Mon fou, en c4.

…

Voilà : tu viendras au monde et je n'entendrai plus jamais la voix de Stojilkovic.

Si basse, la voix de l'oncle Stojil…

C'était Big Ben dans notre brouillard intime.

Un phare sonore.

Une corne de déprime.

Il m'a dit :

– Suis mon conseil, c'est le dernier : laisse faire Julie.

Et il s'est mis à mourir doucement, la clope au bec, penché sur son échiquier.

– Oncle Stojil, ai-je dit assez stupidement, Stojil, Stojil, tu m'avais pourtant juré que tu étais immortel !

LUI :

C'est vrai, mais je ne t'ai jamais juré que j'étais infaillible… D'ailleurs, je ne meurs pas, je roque.

…

Voilà, tu n'es pas le produit du spermato

véloce et du vorace ovule... Tu es né de
cette dernière visite à mon oncle Stojil.
   Qui était l'honneur de la vie.

à lui

Ce que je te raconte là, ce sont les heures
de ta préhistoire.
Les pièces de ton dossier, en somme.
Qu'au jour de sa livraison le petit paquet
soit convenablement affranchi.
Que tu saches quel genre de père t'attend
à la sortie, par exemple.
On ne pourra pas dire que j'ai eu une
grossesse exemplaire,
non...

à nous

Le fait est...
Malaussène déprimait à ce point son
monde, qu'on se demandait où on avait
puisé l'énergie de naître.
– Une poisse pareille, c'est certainement
héréditaire... va savoir de quoi on va l'ac-
cuser, mon gosse, dès qu'il mettra le nez
dehors. On devrait couper les couilles aux
boucs émissaires.

– Entendu, Malaussène, finit par dire la reine Zabo, je vous colle en congé de maternité! Neuf mois à plein salaire, ça vous va?

Une fois libéré de ses obligations professionnelles, Malaussène se retourna contre la médecine.

Il alla trouver Marty, le docteur de la famille, qui les avait tous sauvés deux ou trois fois d'une mort certaine.

– Sauver les gens, sauver les gens... vous pourriez penser à l'avenir, tout de même, merde!

Le professeur Marty était patient avec ses patients.

– Dites-moi, Malaussène, ne seriez-vous pas en train de me pomper l'air parce que vous allez devenir papa?

– Si.

– Bon. Cinq cents millions d'Hindous sont probablement dans votre cas. Qu'est-ce que vous voulez savoir au juste?

– Le nom du meilleur obstétricien du monde. Vous m'entendez, Marty? Du monde!

...

Le meilleur obstétricien du monde tenta de rassurer Malaussène :

– Sage… sage… Calmez-vous… Savez-vous que d'un point de vue génétique nos enfants naissent plus âgés que nous?… L'âge de l'espèce, plus le nôtre. Génétiquement parlant, ils sont nos aînés.

…

D'aaaaaaccord…

…

«*La tribu Malaussène a la joie de vous annoncer la naissance de Verdun, la petite dernière, âgée de 3 797 832 ans.*»

Légitime fureur de Verdun, évidemment…
On lui promettait un être tout neuf…
Et voilà qu'elle débarque avec toute notre inhumaine expérience.

Mademoiselle Verdun Malaussène
(portrait d'un nourrisson)

C'est gros comme un rôti de famille…
Rouge viande tout comme…
Saucissonné dans l'épaisse couenne de ses langes…
C'est luisant.

C'est replet de partout.

C'est un bébé.

C'est l'innocence.

Mais gaffe…

Quand ça roupille, paupières et poings serrés, c'est dans le seul but de se réveiller et de le faire savoir.

Et quand ça se réveille…

C'est Verdun !

C'est la mémoire du monde !

Toutes les boucheries de l'homme en une seule bataille !

Les batteries soudain en action, le hurlement des shrapnels, l'air n'est plus qu'un son, le monde tremble sur ses fondations, l'homme vacille dans l'homme, prêt à tous les héroïsmes comme à toutes les lâchetés pour que ça cesse, pour que ça retrouve le sommeil, même un petit quart d'heure, pour que ça redevienne cette énorme paupiette, menaçante comme une grenade, certes,

mais silencieuse, au moins !

Ce n'est pas qu'on dorme soi-même quand Verdun se rendort… on est bien trop occupé à la surveiller, à prévoir ses réveils, mais au moins les nerfs se détendent un peu.

L'accalmie…

Le cessez-le-feu…

La respiration de la guerre…

On ne dort que d'un œil et sur une oreille.

Dans nos tranchées intimes le guetteur veille…

Et, dès le premier sifflement de la première fusée éclairante…

À l'assaut, bordel !

Tous à vos biberons !

Des couches, les infirmières !

Des couches, nom de Dieu !

Ce qui est englouti d'un côté déborde presque aussitôt de l'autre et les hurlements de la propreté bafouée sont encore plus terrifiants que ceux de la famine.

Des biberons !

Des couches !

…

Ça y est, Verdun s'est rendormie…

Elle nous laisse debout, hébétés, chancelants, l'œil vide fixé sur l'ample sourire de sa digestion.

C'est le sablier de son visage, ce sourire.

Il va rétrécir peu à peu,

les commissures vont se rapprocher,

et,

quand cette bouche toute rose ne sera plus qu'un poing noué, le clairon sonnera l'assaut des troupes fraîches !

De nouveau, le long hurlement vorace jaillira des tranchées pour investir les cieux.

Et les cieux répondront par le pilonnage de toutes les artilleries :

Voisins cognant au plafond…

Injures explosant dans la cour de l'immeuble…

Lettres recommandées…

Les guerres sont comme les feux de broussailles, si on n'y prend garde elles se mondialisent, tu verras… Trois fois rien d'abord, une petite explosion dans le crâne d'un duc, à Sarajevo, et cinq minutes après tout le monde se fout sur la gueule.

Et ça dure…

Verdun n'en finit pas…

Et l'Histoire se répète…

Ce que ton oncle Jérémy, les yeux au milieu de la figure, résume par cette question exténuée en se penchant sur le berceau de Verdun :

— Mais ça ne grandit donc jamais ?

Non,

ça ne grandit pas.

Tu veux mon avis ? Si l'homme ne mange

plus l'homme, au jour d'aujourd'hui, c'est uniquement parce que la cuisine a fait des progrès !

un peu de calme

On cause, le petit locataire de Julie et moi…

Enfin, il écoute, surtout.

Je le préviens de ce qui l'attend… Vous savez, comme en 40, le briefing avant le parachutage du héros sur la patrie occupée…

Pas plus tard qu'hier, je lui ai bien recommandé d'enterrer son pépin dès qu'il aura touché le sol…

En temps de paix comme à la guerre, personne ne vous pardonne la découverte d'un pépin.

là-haut
le petit locataire est de mieux en
mieux installé dans le ventre de Julie

Et les semaines de Julie passent…
Et ça gravide…
Ça parture…
Ça prègne…
Ça proligère.

Ça gestationne…

Imperceptiblement mais sûrement, ça couve…

Ça nidifie…

Jusqu'au jour où le docteur dit à Julie :
– Je pars demain. Vous recevrez les résultats de vos examens par courrier postal.

précision

Il s'agissait de *tes* examens à toi, en fait.

À peine le calibre d'un haricot mexicain et on te fait déjà plancher !

Autant t'y faire tout de suite, tu seras examiné toute ta vie. Faut rendre des comptes d'un bout à l'autre. Et qu'ils soient justes !

Le médecin légiste fera le total de ton addition.

ah
la question du prénom

Tout ce que je peux te dire encore, c'est qu'aux rares moments où l'amour nous laissait sur le flanc, ta mère et moi, nous utilisions le peu de souffle qui nous restait à choisir ton prénom dans les catalogues disponibles.

Pour ce qui est du chrétien homologué, bien sûr.

C'est un prénom qui se porte plus facilement,

se démode moins,

ne détonne pas dans une cour de récré…

Mais, c'est plus fort que moi, dès que j'entends prononcer le nom d'un martyr, je ne peux m'empêcher de revivre en détail les circonstances qui l'ont enlevé à notre affection.

– Blandine, disait ta mère, Blandine, si c'est une fille, c'est joli, non ?

– Livrée aux bêtes ! Le taureau fonçant sur Blandine, Julie, ce taureau écumant, fonçant toutes cornes dehors sur notre petite Blandine !

– Étienne… moi j'aime beaucoup Étienne. Un prénom à diphtongue… c'est doux.

– Lapidé sur la route de Jérusalem ! Le premier martyr. Il inaugurait. Tu as une idée de ce que ça représente, la lapidation ? Quand le crâne éclate, par exemple… Pourquoi pas Sébastien, tant que tu y es ? J'entends déjà siffler les flèches et je vois les peintres déplier leurs chevalets…

– …

– Non, Julie, cherche plutôt du côté des prophètes ou des patriarches, ils ont su se placer dans le temps, eux, ils annonçaient les catastrophes, ils ne les subissaient pas… enfin, moins.

– Daniel… Le Babylonien… !

Là…

sournois règlement de comptes en passant

il s'est passé quelque chose d'étrange…

que je ne peux absolument pas t'expliquer…

J'ai pâli, je crois,

j'ai senti la soudure gripper tous mes rouages,

un grand vent glacé a momifié le reste,

et,

d'une voix sans timbre,

j'ai murmuré :

– Non.

– Non ? Pourquoi, non ? Les lions, il les a domptés, lui !

Sans bouger un cil, j'ai dit :

– Pas de Daniel dans la famille, Julie, jamais, jure-le-moi. Un seul Daniel et tous les emmerdements du monde nous tom-

beront sur la gueule, je le sens, je le sais.
Tu trouves qu'on n'a pas été assez servis
comme ça ?

Ma voix a dû l'alarmer, parce qu'elle
s'est dressée sur un coude pour me regar-
der.

– Eh ! Oh ?

Je me suis contenté de répondre :

– Pas de Daniel.

J'avais besoin d'un coupable, en somme…
J'aurais aimé trouver un responsable…
Ce Daniel…
Ou un autre…
C'est un aspect de mon caractère, oui…
Il est juste que tu sois au courant.
Sans blague, mon petit…
ton père,
quand il se sent merdeux,
aimerait que quelqu'un se pointe,
lui désigne quelqu'un d'autre,
et lui dise :
C'est pas toi, le vrai responsable, Benjamin, c'est celui-là ! C'est sa faute ! C'est le
salaud intégral ! Chie-lui sur la tête, Benja-

min ! Fais-lui bouffer ta merde ! Tue-le et massacre ses semblables !

Et je voudrais pouvoir le faire.

Sans rire !

Même en riant.

Je voudrais être de ceux qui se soignent en réclamant le rétablissement de la peine de mort, et que l'exécution soit publique, et que le condamné soit guillotiné par les pieds d'abord,

puis, qu'on le retape,

qu'on le cicatrise,

et qu'on remette ça,

nouveau guillotinage,

toujours par l'autre bout,

les tibias, cette fois,

et de nouveau soigné,

et clac !

les genoux !

là où ça fait le plus mal, au niveau de la rotule,

là où Synovie s'épanche !

Je voudrais appartenir à la famille innombrable et bien soudée de tous ceux qui investissent dans le châtiment suprême

et croient dur comme fer à l'exemplarité de la peine.

J'emmènerais les enfants au spectacle.

Je pourrais dire à Jérémy : «Tu vois ce qui t'attend si tu continues de foutre le feu à l'Éducation nationale !»

Et, dès que Verdun l'ouvrirait un peu trop, je la brandirais à bout de bras pour que le couperet sanglant la dissuade.

Dissuasion !

Dissuasion !

Je voudrais appartenir à la belle grande âme humaine, celle qui sait où sont les bons et les méchants, les agressés et les agresseurs.

Je voudrais être l'heureux propriétaire d'une conviction intime qui m'affirmerait que rien n'est ma faute.

Putain que j'aimerais ça !

Et tenir le responsable.

Ce Daniel.

Ou un autre.

…

tout de même tout de même

Cela dit entre parenthèses parce que tout bien examiné, en ce qui concerne ton arrivée, le responsable c'est moi.

Enfin, j'espère…

…

J'ai quand même répété :

– Pas de Daniel sous mon toit.

Julie était trop épuisée pour insister. Elle s'est laissée retomber sur le dos, et a lâché, dans un souffle qui annonçait le sommeil :

– De toute façon, c'est Jérémy qui le prénommera, ce gosse, je ne vois pas comment échapper à ça…

…

C'est vrai,

il a un don, ton oncle Jérémy.

Il baptise au premier coup d'œil.

Verdun, par exemple…

Ou C'Est Un Ange, ton cousin, tombé tout vif du ventre de Clara dans notre famille,

avec un sourire…

déconcertant.

Ce sourire…

Toute la tribu en était comme deux ronds de flan.

Finalement, quelqu'un a dit :

– Mais c'est un ange !

– Et c'est comme ça qu'on va l'appeler, a décrété Jérémy.

– Ange ? Tu veux l'appeler Ange ? a demandé Thérèse.

– Non, a dit Jérémy, on l'appellera C'est Un Ange.

– Cétunange ? En un seul mot ?

– Avec tous ses mots et des majuscules partout.

– C'Est Un Ange ?

– C'Est Un Ange.

> *le jour est tombé.*
> *le Petit locataire de Julie s'est fait*
> *une tête de lune*

Silence…

Ô les jolis silences de nos nuits éveillées…

Le nombre d'insomnies peinardes que nous nous sommes offertes, ta mère et moi, depuis que nous nous connaissons…

Le sommeil est une séparation.

…

Tu vois…

Il ne se passait rien.

Pas le plus petit symptôme de destin.

Le charme sans objet d'un roman qui se refuse à commencer.

Si tu me demandes un jour à quoi ressemble le bonheur

(et tu me le demanderas)

51

je te répondrai :
« À ça. »
Nous nous levions, ta mère et moi, sous la perpendiculaire du soleil,
nous cassions une croûte légère,
nous nous accordions une petite sieste,
nous nous taisions beaucoup,
puis nous descendions le boulevard de Belleville vers l'enseigne bondissante du Zèbre.
Moi, marchant en canard,
certes…
Mais un canard apaisé.

non
toutes ces grossesses
franchement

Qu'est-ce que tu veux que je te dise ? Ta mère a la grossesse consolante.
Ta mère n'a pas la grossesse conquérante, à fendre les foules, le ventre en étrave de cuirassé, « place à la vie ! »…
Ni la grossesse mystique non plus…
Elle ne te porte pas comme un saint sacrement.
Ce qui ne veut pas dire qu'elle fasse dans l'humilité ! Elle ne fuit pas les regards, elle

ne rentre pas le ventre, elle ne te cache pas…

Ne t'inquiète pas, elle ne t'abandonnera pas aux pédagogues en s'excusant de t'avoir fait.

Elle ne t'exhibe pas pour autant, note… ta mère n'a pas la grossesse photomaniaque,

non, non, elle ne nous fait pas une grossesse esthétœque…

Ni une grossesse de porcelaine, à te déplacer avec des précautions…

d'antiquaire.

Non…

Ta mère a la grossesse naturelle…

Elle était seule, la voilà deux…

C'est venu de moi et cela va de soi…

Ta mère fait une grossesse…

Qui me console de la mienne.

3

Désolation

Mais,

il faut faire confiance au destin pour s'inviter sans y être convié…

Ça s'est passé un matin que j'étais sous la douche et que ta mère dépiautait son courrier.

J'ai coupé l'eau. Quand je suis retourné dans la chambre, il y régnait un brouillard de Tamise.

– Comment peux-tu lire ton courrier là-dedans ?

J'ai ouvert la fenêtre.

– Julie ?

Elle n'était pas à son bureau.

– Julie ?

Elle n'était pas non plus sur le lit.

Elle est sortie ?

Chambre vide. Porte ouverte de la douche.

– Mon amour… mon amour vadrouil-
leur…

J'ai refermé la porte de la douche pour
ouvrir celle du placard.

Et c'est là que je l'ai trouvée.

– Julie…

Accroupie entre les deux portes.

Tassée sur elle-même.

Immobile.

Le regard fixe.

Elle tenait une lettre à la main.

– Julie ?

D'autres feuilles avaient glissé autour
d'elle.

– Julie, mon cœur…

– …

Et j'ai compris.

il s'effondre

Couilles broyées.

C'est ça, la peur, chez l'homme.

Couilles broyées pulvérisant la terreur
jusque dans les plus petits vaisseaux, sang
de sable, jambes liquides, salive sucrée…

L'en-tête du laboratoire médical,

les colonnes,

leurs pourcentages de ceci et de cela…

Dieu sait que je ne voulais pas comprendre…

mais j'ai compris.

C'étaient les résultats de tes examens qui gisaient à ses pieds.

De tes examens ratés.

Le compte exact de ce qui te manquait pour arriver jusqu'à nous.

L'annonce de ton abandon.

…

Oh !…

J'aimerais dire que je me suis penché sur Julie, mais je me suis effondré. J'aimerais dire que je l'ai prise dans mes bras, que je l'ai consolée, mais je me suis effondré, et je suis resté tassé contre elle, entre la porte du placard et celle de la douche.

…

Et le temps n'a pas fait le reste.

Il a tout bonnement cessé de passer.

– Julie…

Immobiles, tous les deux.

Elle a fini par poser sa tête contre mon épaule.

Et elle a dit :

– On va essayer de ne pas faire dans le pathétique, tu veux ?

…

il se relève
il pèse beaucoup plus lourd

C'était donc ça…
Ton départ…
Ton abandon…
Et moi qui ai passé toutes ces semaines à te prévenir contre ton arrivée.
Putain de moi !
À jouer les grandioses !
À te laisser croire que tu avais le choix :
«Voilà la réalité telle qu'elle t'attend, mon enfant, décroche si tu ne t'en sens pas le courage, reprends tes ailes et remonte, il n'y aura personne pour t'en vouloir… Va, laisse-nous seuls, si tu savais dans quoi on patauge ! Retourne à la béatitude des limbes… »
Alors que ma vie était si pleine de toi déjà, mon adorable interlocuteur…
Comme tu t'étais niché en moi !
Comme nous déambulions ensemble !
Comme nous déambulions joliment toi et moi sur le boulevard de mes feintes colères…

Mais tu m'as pris au mot?

Tu as cru le bavard?

Il ne fallait pas!

Ce n'était rien! Des mots! juste pour l'ironie des mots! Une sale habitude de la langue : jouer avec le feu tant que le feu n'a pas pris... Le roulement des biceps devant le miroir à fantasmes...

Ô putain de moi! C'était pour conjurer le sort et tu m'as cru...

Tu m'as cru?

Dis-moi, c'est la vie que tu as fuie, ou *ce père-là* dans cette vie-là?

Parce que, si c'était ce père-là, tu pourrais encore changer d'avis! Revenir. Pour Julie!

Ce n'est rien, le père, ce pourvoyeur de casernes! On peut très bien s'en passer, du père! C'est une invention moderne! Une hypothèse de travail! Tirée d'une tragédie antique! Du théâtre! Un instinct qui se monte le col! Une pompe à fric analytique! Un fonds de commerce littéraire! C'est très surfait, le père! une équation parmi tant d'autres... un nœud d'inconnues... négligeable! Négligeable!...

Est-ce que j'ai eu un père, moi?

Et Louna?

Et Thérèse ?

Et Clara ?

Et Jérémy ?

Et le Petit ?

Et Verdun ?

Et C'Est Un Ange ?

Ont-ils eu des pères ?

Et la reine Zabo ?

Et Loussa ?

Ce n'est pas le père, qui compte, c'est la suite ! C'est toi ! C'est toi qui comptes !

Reviens !

Je me ferai tout petit comme père, un micro-père, à peine un poisson pilote, très minuscule, très peu pilote, juste de quoi t'éviter de rater les premières marches… pas vraiment absent, mais discret… tu vois ?… un père d'une très respectueuse discrétion, je te le jure, là, devant moi… juste une pâte à modeler un père !

Tu m'écoutes, oui ?

Tu vas revenir, oui ?

Mais reviens, putain de ta race !

Pour l'amour de Julie, reviens !

Toute cette force dont elle aura besoin, si tu ne reviens pas ! Cette façon de marcher droit, qui me fait déjà mal… Tu la connais, pourtant !

60

Moi, je veux la voir penchée sur toi...
faire la maman de tous les jours...
Une petite pause dans son héroïsme...
Quelques années de naturel.
Qu'elle se penche sur toi et laisse aller le monde...
Ça ne se penche sur rien, le monde !
«On va essayer de ne pas faire dans le pathétique.»
Tu l'as entendue comme moi, non ?
«On va essayer de ne pas faire dans le pathétique.»
Ça ne te noue pas les tripes, une phrase pareille ? Ça ne te plume pas les ailes ? Quel genre d'ange es-tu, bordel de merde ?

il fredonne
comme on se plaint

c'est un poème
de Jules Laforgue

Il était un petit navire
Où Ugolin mena ses fils,
Sous prétexte, le vieux vampire !
De les fair' voyager gratis.

Au bout de cinq à six semaines
Les vivres vinrent à manquer,

Il dit : « Vous mettez pas en peine,
Mes fils n'm'ont jamais dégoûté ! »

On tira z'à la courte paille,
Formalité ! Raffinement !
Car cet homme il n'avait d'entrailles
Qu'pour en calmer les tiraill'ments.

Et donc, stoïque et légendaire,
Ugolin mangea ses enfants,
Afin d' leur conserver un père…
Oh ! quand j'y song', mon cœur se fend.

œil vide
voix blanche

Il y a ceux que le malheur effondre. Il y
a ceux qui en deviennent tout rêveurs. Il
y a ceux qui parlent de tout et de rien, pas
même du mort, des petits propos domes-
tiques, il y a ceux qui se suicideront après
et ça ne se voit pas sur leur visage, il y a
ceux qui pleurent beaucoup et cicatrisent
vite et il y a ceux qui se noient dans les
larmes qu'ils versent. Il y a ceux qui sont
contents, débarrassés de quelqu'un, il y a
ceux qui ne peuvent plus voir le mort, ils
essaient mais ils ne peuvent pas, le mort a

emporté son image, il y a ceux qui voient le mort partout, ils voudraient l'effacer, ils vendent ses nippes, brûlent ses photos, déménagent, rebelotent avec un vivant, rien à faire, le mort est toujours là, dans le rétroviseur. Il y a ceux qui pique-niquent au cimetière et ceux qui le contournent parce qu'ils ont une tombe creusée dans la tête. Il y a ceux qui ne mangent plus, il y a ceux qui boivent, il y a ceux qui se demandent si leur chagrin est authentique ou fabriqué. Il y a ceux qui se tuent au travail et ceux qui prennent enfin des vacances. Il y a ceux qui trouvent la mort scandaleuse et ceux qui la trouvent naturelle, avec un âge pour, des circonstances qui font que… c'est la guerre, c'est la maladie, c'est la moto, c'est la bagnole, c'est l'époque, le destin, la vie,

il y a ceux qui trouvent que la mort c'est la vie.

Et il y a ceux qui font n'importe quoi.
Qui se mettent à courir,
par exemple.

Prenez un Malaussène, faites-lui mal, il court.

Il court, Malaussène, et on ne voit pas qui pourrait courir plus vite, faire ainsi tourner le monde sous ses pieds, si ce n'est un autre Malaussène peut-être, un autre malheur en mouvement, et tout compte fait ils doivent être nombreux ces coureurs affligés, si on en juge par la rotation de la Terre.

Cours, Malaussène, la Terre est ronde et il n'y a pas de réponse, il n'y a que les êtres, la seule réponse s'appelle Julie, Julie à l'hôpital, Julie le ventre vide, Julie à ramener à la maison, et depuis quand a-t-on besoin de réponses quand on court vers Julie ? Celui qui court vers la femme qu'il aime, celui qui court vers la belle amour, celui-là aussi fait tourner le monde !

explosion

– L'amour, toujours l'amour, tu nous pompes l'air avec ton amour, Benjamin !

a gueulé Julie.

– Tu me donnerais presque envie de repiquer au cul pour le cul !

– …

– Le monde selon Malaussène : avec

amour ou sans amour! Pas d'alternative. Le devoir d'amour! L'obligation au bonheur! La garantie félicité! L'autre dans le blanc des yeux! Un univers de merlans frits! je t'aime tu m'aimes...

Mais qu'est-ce qu'on va faire de tout cet amou-ou-ou-our?

La nausée!

– ...

– D'où ça te vient, cette religion de l'amour, Benjamin? Où est-ce que tu l'as chopée, cette vérole rose? Petits cœurs qui puent la fleur! Ce que tu appelles l'amour... au mieux, des appétits! Au pis, des habitudes! Dans tous les cas une mise en scène! De l'imposture de la séduction jusqu'aux mensonges de la rupture, en passant par les regrets inexprimés et les remords inavouables, rien que des rôles de composition! De la trouille, des combines, des recettes, la voilà la belle amour! Cette sale cuisine pour oublier ce qu'on est! Et remettre la table tous les jours! Tu nous emmerdes, Malaussène, avec l'amour! Change tes yeux! Ouvre la fenêtre! Offre-toi une télé! Lis le journal! Apprends la statistique! Entre en politique! Travaille! Et tu nous en reparleras de la belle amour!

Elle souffle un bon coup.
Puis, elle dit :
— Excuse-moi.
« Ce n'est rien. »
« C'est passé. »
Elle répète :
— Excuse-moi.

J'ai sangloté dans les bras de Julie,
et Julie s'y est mise à son tour,
on s'est vidés
jusqu'à cette sorte d'évanouissement
qu'on appelle le sommeil,
ce répit
dont on se réveille avec un enfant
perdu, un ami en moins, une guerre en
plus,
et tout le reste de la route à faire malgré
tout,
car il paraît que nous aussi nous sommes
des raisons de vivre,
qu'il ne faut pas ajouter le départ au
départ,
que le suicide est fatal au cœur des sur-
vivants,
qu'il faut s'accrocher,

s'accrocher quand même,
s'accrocher avec les ongles,
s'accrocher avec les dents…

c'est le jour

– AAAAh ! fit Julie en s'étirant. On a
bien pleuré, hier soir ! Longtemps que ça
ne m'était pas arrivé.

4

Résurrection

Mais tu vois…
Le drame avec les fins…
C'est que même les pires ont une suite.
Les enfants ont raison, sur ce point.
…
Après tout ce chagrin, on aurait pu s'of-
frir un petit deuil peinard, ta mère et moi.
…
Et ça s'est compliqué…
de façon…
incroyable !
Je te passe les détails.
Te voilà enfui du ventre de Julie…
Et de retour dans le ventre de Gervaise…
Gervaise…
la fille de l'oncle Thian
une sainte !
Compliqué à t'expliquer…

*il lui
montre
le livre*

Tu liras tout ça quand tu seras plus grand.

il sourit

Je me souviens surtout de l'engueulade entre le bon docteur Marty et ce cinglé de Berthold, le chirurgien.

il devient Berthold et Marty

— Vous avez fait ça à Gervaise, Berthold, vraiment ?

— Pas pu faire autrement.

— Nom de Dieu de nom de Dieu ! J'y crois pas ! Le con ! L'extravagant connard ! je ne veux pas y croire !

— ...

— Mais il n'en rate pas une, bordel !

— ...

— Qu'est-ce qui va vous arrêter sur le chemin de la connerie, Berthold ? Vous vous rendez compte de ce que vous avez fait ?

— Qu'est-ce que vous auriez fait à ma

place, Marty? Ce con de Malaussène envoie sa Julie avorter entre mes mains, je m'apprête à l'ivéger, et qu'est-ce que je trouve? Un col de l'utérus ouvert comme un rond de fourneau et un embryon qui se rue vers la sortie en traînant son placenta comme une robe de mariée! Un petit machin plein de vie, les yeux écarquillés par la terreur… Sur ces entrefaites on m'amène Gervaise dans un coma de trépassée… Julie Malaussène se casse sans attendre la suite et quand je retourne au bloc, il n'y a plus que le petit machin, affreusement vivant, un embryon sauteur, tout ce qu'il y a de normal, beaucoup plus normal que vous, Marty, d'ailleurs! Alors? Qu'est-ce qu'il fallait que je fasse? Que je tire la chasse? Vous auriez tiré la chasse, vous, Marty?

– Putain de mes deux, hurlait Marty, c'est bien ce que je pensais! Vous avez fourgué le bébé à Gervaise! Réimplanté le mouflet de Julie dans le ventre de Gervaise!

– Il y avait une autre solution?

il parle « en coin »
pas trop sûr de lui

71

Mais si, je suis heureux…

Évidemment, je suis heureux !

Comment peux-tu me soupçonner de mégoter sur notre bonheur ?

Tu as vu le visage de ta mère ?

L'as-tu vu le visage de Julie penché sur le ventre de Gervaise ?

Et la bouille de Gervaise, ton autre mère…

…

Je noie le poisson ?

…

Comment ça, je noie le poisson ?

…

Je ne noie pas le poisson !

En évoquant le bonheur des femmes, je contourne mes légitimes inquiétudes de père,

nuance !

Parce que le bonheur, le bonheur, il n'y a pas que le bonheur, dans la vie,

il y a la vie !

Naître, c'est à la portée de tout le monde…

Même moi, je suis né !

Mais il faut devenir, ensuite ! *Devenir !* Grandir, croître, pousser, grossir…

(sans enfler),
muer (sans muter),
mûrir (sans blettir),
évoluer (en évaluant),
s'abonnir (sans s'abêtir),
durer (sans végéter),
vieillir (sans trop rajeunir),
et mourir sans râler, pour finir !

Un gigantesque programme ! Une vigilance de chaque instant...

C'est que l'âge se révolte à tout âge contre l'âge, tu sais !

...

Et s'il n'y avait que l'âge...

...

Mais il y a le contexte !

...

Or, le contexte, mon pauvre petit...

*le « pauvre petit »
apparaît
prêt pour le
débarquement*

— « Père, quand vous serez passé par ce que j'ai vécu avant de naître, vous pourrez l'ouvrir. »
— Qu'est-ce que tu dis ?

— «Père, quand vous serez passé par ce que j'ai vécu avant de naître, vous pourrez l'ouvrir!»

…

— …

C'est bien ce que je craignais! Oh! oui, je les devine, tes procès à venir, je l'entends déjà ta collection de menus reproches filiaux :

«Tant que vous y êtes, dites-moi toute la vérité, mon petit papa, sous couvert de lucidité planétaire, vous n'étiez pas ravi de me voir agrandir le cercle de famille, je me trompe?»

Avec la complicité de tes oncles, évidemment!

querelle de famille
il est toutes les voix
et toutes les voix s'emballent
comme souvent

JÉRÉMY :

Faut admettre, Ben, t'étais pas chaud chaud.

74

C'est la vérité.

THÉRÈSE :

Un pareil état d'esprit chez le père, je ne sais pas jusqu'à quel point c'est bon pour le mental de l'enfant.

TOI :

Tante Thérèse a raison, papa, mes parois néocorticales sont encore tout imprégnées de vos conseils : «*Et toi, petit con, penses-tu que ce soit le monde, la famille, l'époque où te poser ? Pas encore là et déjà de mauvaises fréquentations, c'est ça ?*»

THÉRÈSE :

Charmante façon de lui présenter notre famille…

TOI :

«*Laisse-nous seuls, retourne à la béatitude des limbes.*» C'est bien ce que vous m'avez conseillé, père, n'est-ce pas ?

LE PETIT :

C'est vrai ? Tu lui as conseillé ça, Ben ?

MOI :

C'était pas un conseil, c'était à peine une autorisation !

JÉRÉMY :

En tout cas, il y a mieux, comme accueil.

TOI, *me citant* :

« *Reprends tes ailes et remonte, il n'y aura personne pour t'en vouloir…* »

THÉRÈSE :

Ce qui signifie qu'il n'y a pas grand monde pour t'espérer.

LE PETIT :

C'est dégueulasse ! Même Julius le Chien trouve ça dégueulasse !

MOI :

Mais je n'ai pas dit que ça ! C'est très contradictoire, un futur père, tout chamboulé ! Vous verrez, quand ce sera votre tour ! Ça dit tout et son contraire ! Mon désespoir, quand nous avons reçu la lettre du docteur, par exemple, il compte pour du beurre ?

Parlons-en ! Vous avez couru comme un dératé en vous accusant de tous les péchés du monde pendant les cinq cents premiers mètres et vous m'avez fait porter le chapeau à l'arrivée.

Moi ? Moi, je t'ai fait porter le chapeau ?

Pour la douleur de maman, parfaitement. Je vous entends encore, à sept mois de distance : « *Mais reviens, putain de ta race ! Ça ne te plume pas les ailes, une douleur pareille ? Quel genre d'ange es-tu, bordel de merde ?* »

Après lui avoir dit et répété de remonter au ciel ? Tu voulais le rendre dingue, ou quoi ?

Non, il voulait juste le culpabiliser, comme tout père qui se respecte. À mon avis, il faudra prévoir un suivi psychologique.

LE PETIT :

On va l'aimer, nous. T'inquiète, nous on va t'aimer! Hein, Julius, qu'on va l'aimer?

CLARA :

À table! Le dîner est prêt. Et fichez donc la paix à Benjamin!

5

Apparition

Et c'est là que tu as décidé de naître.

Tu as frappé de furieux coups à la porte et Gervaise s'est effondrée.

Nous sommes tous venus t'accueillir.

Quand je dis tous, c'est tous, tu peux faire confiance à l'instinct de la tribu.

Il y a les Malaussène et les Ben Tayeb, évidemment,

il y a les vivants et il y a les morts,

les nôtres,

mais aussi, tout autour de nous, les morts inconnus, les morts de la vie,

dressés sur les gradins de leur éternité,

très curieux de savoir ce qui va surgir là, entre les cuisses de Gervaise, à quoi va ressembler ce petit nouveau, dont l'apparition justifiera leur existence et apaisera leur départ, et les vivants accompagnant Gervaise du geste et de la voix,

la reine Zabo, toujours épatante dans ces circonstances : « Respirez ! Poussez ! Respirez ! Poussez ! », entraînant tous les autres comme un vrai maître de chorale tout en se demandant à part soi (« Mais qu'est-ce que je raconte, moi : respirez-poussez… qu'est-ce que je raconte ? »),

Berthold, assistant de très près à la manœuvre, conseillant son collègue Postel : « Fais gaffe, Postel, ne me l'abîme pas surtout, tu ne veux pas me laisser faire ? »

et Marty, veillant comme toujours aux justes proportions de Berthold : « La paix, Berthold, ce n'est pas votre gosse, c'est celui de Malaussène ! »,

et moi, bien sûr,

moi,

la main de Julie broyée dans la mienne,

l'autre main torturant les oreilles de Julius,

moi tellement anxieux de la tête que tu vas nous faire après ces neuf mois d'odyssée…

c'est qu'elle pourrait être légitimement courroucée, cette tête, ou blasée affreusement, ou terrifiée à l'extrême, ou mysticoïde, aspirant à l'assomption immédiate, ou capricieuse au-delà du raisonnable.

Très inquiet, donc, je suis, de toutes tes têtes possibles…

Lorsque tout à coup,
là,
maintenant,
à cinq heures quarante du matin,
six heures moins vingt, si tu préfères,
flash de Clara :

ta tête à toi !

éternisée à la seconde pile où tu franchis la ligne d'arrivée !

Et Postel présentant le champion à l'adoration des foules.

Et la retombée du silence sous le parachute du ravissement.

Ta tête à toi, mon petit être…

Oh ! le beau silence…

Pas cabossée du tout, ta tête, pas une tête de rescapé…

Et pas une tête furibarde…

Pas peur, non plus…

Et pas blasée pour deux ronds…

Pas le moindre regret, pas une tête de nostalgie…

Et pas tournée vers le haut, pas une tête d'affidé au Grand Parano…

Aucune idée préconçue, aucune motion préalable, pas une tête de contentieux…

Pas disposée à trouver le monde si logique que ça…

Pas disposée à trouver le monde absurde, non plus…

Mais mystérieux, plutôt, intéressant, quoi, la tête même de la *curiosité*!

— C'est tout à fait vous deux, a dit Gervaise, en nous embrassant, Julie et moi. Un petit Monsieur Malaussène, pas de doute possible.

— Et c'est comme ça qu'on va l'appeler, a décrété Jérémy.

— Qu'est-ce que je t'avais dit, a murmuré Julie.

– Malaussène ? a demandé Thérèse.

– Monsieur Malaussène, a dit Jérémy.

– Monsieur Malaussène ?

– Avec deux majuscules, oui : *M*onsieur *M*alaussène.

– Tu l'imagines, à l'école ? Monsieur Malaussène Malaussène…

– L'école en a vu d'autres.

– Non, Monsieur Malaussène, non, c'est pas possible !

– C'est pourtant devant toi.

– Monsieur Malaussène ? Faut voir, a dit la reine Zabo.

– C'est tout vu, Majesté.

– Monsieur Malaussène, alors ?

– Monsieur Malaussène.

voilà.

DU MÊME AUTEUR

Aux Éditions Gallimard

AU BONHEUR DES OGRES, Folio n° 1972.

LA FÉE CARABINE, Folio n° 2043.

LA PETITE MARCHANDE DE PROSE, (Prix du Livre Inter 1990), Folio n° 2342.

COMME UN ROMAN, Folio n° 2724.

MONSIEUR MALAUSSÈNE, Folio n° 3000.

MONSIEUR MALAUSSÈNE AU THÉÂTRE

MESSIEURS LES ENFANTS

Aux Éditions Gallimard-Jeunesse

Dans la collection lecture Junior

KAMO L'AGENCE BABEL, *Illustrations de Jean-Philippe Chabot*, n° 1.

L'ÉVASION DE KAMO, *Illustrations de Jean-Philippe Chabot*, n° 7.

KAMO ET MOI, *Illustrations de Jean-Philippe Chabot*, n° 13.

KAMO L'IDÉE DU SIÈCLE, *Illustrations de Jean-Philippe Chabot*, n° 22.

Aux Éditions Hoëbeke

LES GRANDES VACANCES, *en collaboration avec Robert Doisneau.*

LA VIE DE FAMILLE, *en collaboration avec Robert Doisneau.*

COLLECTION FOLIO

Dernières parutions

Composition Interligne.
Impression Bussière à Saint-Amand (Cher),
le 2 octobre 1998.
Dépôt légal : octobre 1998.
Numéro d'imprimeur : 2252.
ISBN 2-07-040408-0./Imprimé en France.